KB176309

엘리트 시선 55

엄마의 무지개

이성희 제2시집

엘리트출판사

이성희 제2시집

엄마의 무지개

엘리트출판사

『엄마의 무지개』를 펴내며

첫 시집에 이어 두 번째 시집을 내면서 엄마의 이야기가 많아 엄마와의 추억을 기록한다는 사명감으로 출판을 하게 되었다. 치매가 심해질수록 날마다 나를 잊히는 게 아니라 잃어간다는 생각에 애틋한 마음을 기록하고 싶었다.

길가에 예쁘지 않은 꽃도 내가 지켜봐 주고 예뻐해 주지 않았다면, 한갓 잡초에 지나지 않았을 텐데 내게로 와서 예쁜 꽃이 되었듯이 엄마를 노래함으로 엄마의 사랑에 조금은 보답한다는 생각으로 출판의 의미를 두고 있다.

환갑에 시집 한 권을 내는 것이 버킷 리스트의 하나였기에 이순에 시집이 나와 다행스럽다. 『엄마의 무지개』가 탄생할 수 있도록 가르쳐주시고 혜안(慧眼)으로 이끌어주신 장현경 문학평론가님께 감사드립니다. 그리고 좋은 편집을 해주신 청향 작가님께도 감사한 마음 전합니다.

　아울러 하는 일마다 지지를 해주고 도움을 주신 사랑하는 가족 친지에게도 고마운 마음 전하며 나의 시편들을 만나는 존경하는 독자님께서도 건강과 축복이 늘 함께하시기를 기원합니다. 나아가 청계문학의 무궁한 발전을 빕니다.

2023년 7월

재영(栽榮) 이 성 희

어머니 날

2022년 5월 8일
어버이날
이제 나에게는 어머니 날

진수성찬은 아니어도
엄마가 좋아하시는 음식들
당신은 그림의 떡
모인 자녀들의 잔치
식탁 한가운데
서둘러 식사를 마친 엄마

굳이 자식을 위해
자리를 뜨려는 엄마

자식 입에 음식 들어갈 때
가장 행복하다는 옛말
이제 엄마의 입에
음식 들어가는 모습에 흐뭇한 자식

이런 날이 다시 오기를
또 오기를

엄마!
이제는
내가 당신의 보호자.

목차 ··· 이성희 제2시집

제3부 갈림길에 서서

제4부 엄마의 자장가

제5부 그대 안의 나

제1부

청계의 향기

네 향기
내 향기
온천지에 흩날리네!

중년 수업과 카네이션

아침에 일어나 주방으로 가는 길목
하얀 책 위에 예쁘게 놓인 카네이션
어젯밤에는 분명 보이지 않았는데
내일이 무슨 날이냐며
시치미를 떼더니

이제는 철 들었나
항상 가슴 아팠는데
이제 정말 철이 들었나?

철없는 엄마한테 철 들으라며
주는 선물일까?
아니면
정말 엄마가 중년을 재미있게
살았으면 하는 바람으로 주는 선물일까?

오늘도 행복한 하루가 시작된다.

오월은

오월은
계절의 여왕
축제로 물들다

근로자의 날도 있고
어린이날도
어버이날도
스승의 날도
부처님 오신 날도 있고

생일도
결혼기념일도
출판기념회도 있고

내가 좋아하는
아카시아꽃도 있지!

동백꽃

아들의 배려로
해운대의 거친 파도를 뒤로하고
동백섬을 찾았네

동백섬
섬 아닌 섬

첫발을 디디니
저절로 터져 나오는
헛웃음

이런 기쁨이 언제였던가
아마 너를 잉태하고였었지

한 걸음 두 걸음
아, 동백꽃이 보이지를 않네!
그렇지
아직 1월
이른 봄에 피는 꽃

나는
왜?
이토록 동백꽃에 목맸을까

소싯적
우리 엄마
해남 대흥사를 다녀오시던 날
머릿수건에 조심스레 싸인 꽃

동백꽃이었다
그것은
엄마의 사랑!

천생연분

슈퍼마켓 아주머니가
참신한 총각이 있다며

어느 날
울타리 밑에 봉선화를 심는 처녀에게
굳이 물을 주겠다던 총각

버스를 기다리는 처녀에게
총각은 커피를 사고
그 답례를 하겠다던 처녀
그렇게 총각과 처녀의 인연은 시작되었다

먼 훗날
처녀와 총각은
각시가 되고 신랑이 되었네!

환갑

계묘년 윤사월 초이틀

돌고 돌아
흘러 흘러

계묘년 사월 초이틀
환갑

인생 이모작
남은 여생
백세 시대

제 2의 삶을 꿈꾸다
제2의 삶을 설계하다

어떻게 살아야 하나
삶이 고단하게 느껴짐은!

그림자

너는 아는가
그림자 밖의 세상을

하얀 세상 속
검은 형체
오로지 검은색의 실루엣

그 속에 숨겨 놓은
그리움 사랑
아픔까지도
모두를 감싸 안은 채

아무 일도 없다는 듯이
조용히 자리를 지키네!

청계의 향기

꽃샘추위도 물러가고
온통
꽃 천지가 될 즈음

문우의 작품
하나하나로
작품집을 만드니

네 향기
내 향기
온천지에 흩날리네!

황매화의 추억

시절을 잊은 듯
황매화가
노랗게 활짝 웃는다

그 웃음 속에서
추억을 떠올린다

어느 봄날
식탁 위 음료수병에 꽂힌
노란 황매화

당신과의 추억
아름다운 황매화

추억은
언제나 아름다워라!

메꽃

이른 아침
수줍은 듯
밝은 미소로 함박 웃는
분홍의 자태

도심의 길섶에도
농촌의 논둑에서도
흐드러지게 피는 꽃

나팔꽃도 아닌 것이
나팔꽃인 양 나팔을 분다

수수한 아름다움 속
담뿍 담은 약 효능

없는 듯 있는 듯
내 주변을 서성인다.

수세미꽃

이른 아침
황금빛 꽃

호박꽃보다 작고
오이꽃보다 큰
암꽃과 수꽃이
확연히 다른
수세미꽃

이름도
아름다워

황금빛 꽃이
황금 햇빛과 동무한다.

제2부

하늘나리꽃

아름다운 자태
백합은 아니어도
꽃꽂이의 주인공

비 오는 날의 터미널

터미널에는 순서가 없다
사람들은 왔다가
순서도 없이 떠나간다

책을 읽으며
언제 올지 모를
사람을 기다린다

순서 없이 오가는
사람들을 떠나보내며
눈에 들어오지 않는 책
여기저기를 뒤적인다

비 오는 날의 터미널은
사람도 차도
순서도 없이 왔다가
순서도 없이 떠나간다.

흔들지 말아다오

바람아 불지 말아다오
네가 아무리 센 힘으로
거친 몸부림으로
날 날려버리려 해도
나 잠시 흔들릴 뿐
항상 그 자리에 꿋꿋이 서 있단다

네가 아무리 날 날려버리려 해도
나의 뿌리가 깊어
네가 생각하는 만큼 만만한 나무 아니란다

바람아 불어라
하지만
나 여전히 그 자리에 부동의 자세로
내 자리 지킬 것이야

바람아 불어다오
하지만
내 몸뚱이 채 흔들지만 말아다오
바람아!

잔칫날

십이 사도
모두 참석하지 못한 자리

맛있는 점심
향긋한 차 한 잔
달콤한 케이크

제자들의 재롱잔치

무반주의 열창
꾀꼬리 같은 시 낭송
간드러진 춤사위

간간이 떨어지는 빗방울은
우렁찬 드럼이 되고
이름 모를 새들의 지저귐은
감미로운 반주가 되고

두 제자가 빠진
열두제자들의
재롱잔치!

스승의 날

수십 년 전
어느 고등학교에서 시작되어
사라졌다 부활하기를 반복

학교를 졸업하고
한동안 못 찾아뵈었던 스승님

많은 스승님의 가르침 중
유독 내 인생을 바뀌게 한 분

이제 환갑에 즈음하여 만난 스승님
나의 노후를 바꾸려 하네

소싯적 스승은
나에게 꿈을
지금의 스승은
내 꿈의 실현

나의 스승님
오래오래
은혜 잊지 않겠습니다.

초여름 밤

방바닥은 따뜻하고

창문으로
허락없이 들어오는 바람을
온몸으로 느끼며

시원한 초여름 밤

작은 행복!

첫사랑

철모르던 시절
갑자기 이성으로 느껴지는 감성
그저 보고 싶고
뭔가 해 주고 싶은
그대는 나의 첫사랑

수십 년이 흐르고
우연한 자리에서 만나게 되고
어찌할 수 없는 감정
그러나
우리의 사랑은 멀리 사라지고

이제
내가 너를 위해
네가 나를 위해
해 줄 수 있는 최소한의 바람

서로의 행복을 빈다.

단비 1

메마른 땅
시들어 가는 농작물

겨우 논에 물을 대고
모를 심지만
쩍쩍 갈라지는 논

온종일
냇가에서
양수기로 물을 퍼 올리지만
역부족

흐린 날씨
꾸물꾸물

모두가 잠이 든 시간
주룩주룩 주르륵
사그락사그락

아무도 몰래
찾아오는
자연의 신비
단비 중의 단비여라!

단비 2

메마른 대지
먼지투성이의 아스팔트 위에
한 방울씩 떨어지는 빗방울

먼지를 뚫고
맡는 흙 내음
아스팔트 내음

밤새
내리는 듯 마는 듯

찌뿌드드한 날씨
대지를 촉촉이 적시고

베란다에서
싹을 틔운 고구마

오늘
텃밭으로
시집 보낸다!

청계천의 추억

청계천 복개도로 옆
허름한 영화관
영화를 관람하고

청계천 복원사업
짧지 않은 공사

청계천에 다시 물이 흐르고
물고기가 뛰어놀고

가족 나들이의 명소
휴식처

청계천에 추억이 흐르고
그리움이 있네!

장화

신비스러운 장화
물속을 첨벙첨벙
물에 젖지 않는 신기함

기다리는 비
소식이 없고
밤마다 간절한 기도

엄마는
커다란 고무통에
물을 한가득

장화를 신고
철벅 철벅

동화 속 이야기가
현실이 되는 순간!

이발

부릉부릉 부르릉
모터가 돌면서
풀이 깎인다

비가 오지 않아도
거름을 주지 않아도
쑥쑥 자라
온통 밭을
장발로 만든다

예쁘게 깎지 않아도
몇 올쯤 남겨도
흠이 되지 않는

대우받지 못해도
소녀의 감성을 일깨우는
기적의 풀꽃!

죽어도 죽지 않는
풀의 일생.

장마

모내기가 무색할 만큼
안개비도 내리지 않고
대지를 적시는 것조차
인색하더니
앞서 찾아온 더위

늦은 밤
오락가락하던 비
주룩주룩 좔좔 좔
그칠 줄 모르네

나약한 인간
자연 앞에서
무릎을 꿇네!

옥수수

늦은 오후
배달된 옥수수

겹겹이 싸인
옷을 벗기니
속살을 쉬이 내어 주지 않고
옥수수 수염으로
또 한 번 감싸는 부끄러움

다소곳이 앉아있는
해맑음

커다란 찜통에
옥수수가 한가득
부글부글 부글

더 맑게 빛나는
옥수수를 먹으며
하모니카를 분다.

부끄러워라

눈 뜨면
출근하기 바쁘고
사무실 들어서면
사무에 정신이 없고

점심도 거르며
전화에 여념이 없고
퇴근 시간이 지나서야
나를 돌아본다

오늘
무엇을 하고 지냈는가

부끄러워라!

하늘나리꽃

아름다운 자태
백합은 아니어도
꽃꽂이의 주인공

다소곳한 모습
찾는 이가 없어도
햇빛을 향한 그리움

수일이 지나고

하늘을 향해
두 팔 벌려
활짝 핀

하늘나리꽃!

시작(詩作)

뇌리를 헤엄치는 단어들
감기는 눈

몸은 얼른 잠들라 하고
머리는 글을 쓰라 하네

밤을 지새우고
내일 괜찮을까?

만학도

한창 공부할 나이
건강 때문에
경제적인 이유로
산업전선에 뛰어들고

결혼하고 아이 낳고
열심히 살았다

내 나이 이순
배움에 대한
열망이 커서
도전

수행 평가
지필 평가
힘은 들어도
즐거움에
하루하루가 행복

만학도가 되어
새 꿈을 키워간다.

연꽃과 미꾸라지

보잘것없는 고무대야
흙을 담고 물을 채운다

연꽃 세 뿌리
흙 속에 묻어두고

시장에서 미꾸라지 한 사발
하찮은 고무대야 연못에
방생한다

고요한 연못
미꾸라지 한 마리가
우당탕 퉁탕
물을 흐린다

하하 하!

제3부

갈림길에 서서

어머니 뱃속에서 열 달
세상 구경을 나왔네

어릴 적 부모님의 보살핌

행복이란

행복이란 무엇일까!

내가 타 준 커피를 맛있게 마실 때
나는 행복합니다

오늘 하루도 고달프고
나의 일을 누군가 군말 없이 도울 때
나는 행복합니다

먹기 싫은 밥을 억지로 먹고 있을 때
일이 힘든가 하고 한 마디 위로할 때
나는 행복합니다

저녁 먹고 설거지 팽개치고
졸고 있는 나의 머리에
살며시 베개 받쳐줄 때
나는 행복합니다

축 처진 내 어깨를
조몰락조몰락 작은 손으로
안마하는 내 아이가 있어
나는 행복합니다

잔소리로 꾸지람해도
"엄마, 사랑해요!"
하는 아이가 있어
진정 나는 행복합니다.

그래도 멋있어

수능이 끝나고
고3 엄마 노릇도 끝나고
일요일에는
밀린 게임 하느라 바쁘더니
엄마한테 허락을 구한다
술 마시러 간다고

늦은 저녁
흐트러진 모습으로 들어온다
조용해 들여다보니
쿨쿨
코를 골며 잠이 들었네

가슴 한쪽이 짠하면서도
흐뭇한 것은 왜일까!

정말 품 안의 자식인가?
이제는 그 품에서 내려놔야 할 것만 같아
처음으로 흐트러진 모습 보면서
야단치고 싶은 마음보다

아!
그래도
녀석은 멋있어.

좀 더 일찍 올걸

좀 더 일찍 찾을걸
만개한 국화
색이 바래지고

염불암에서 염불하고 왔지

친구에게 지은 죄
가족에게 지은 죄
말로 지은 죄
마음으로 지은 죄

많은 생각
회한의 눈물!

사람을 찾습니다

오늘 바쁜 일과 중에
한 통의 문자가 왔네

날 사랑한다고
구구절절
애달픈 사연을 적어

그런데 웬걸
전화번호 검색이 안 되네
누가 나를
그렇게 사랑하기에

이름도 몰라요. 성도 몰라
전화번호는 더 몰라

누구신가!

010-254-7942 (이오살 친구사이)

가을에는 사랑하게 하소서

아침부터 꾸물대는 날씨
여느 날과 다름없이
출근을 서두른다
복잡한 출근길
잠시 버스를 기다리며
내 어깨를 스치는 바람에
예쁜 미소를 보낸다

살아 있다는 것이 이런 것일까
온몸으로 바람을 느끼며
햇빛을 느끼며
제법 높은 하늘을 느끼며

오늘은 비가 온다
마음으로 느꼈던
살아 있다는 느낌
아, 행복하다
내가 살아 있다는 것이

이 가을
누군가를 그리워하며
온몸으로 비를 맞으며

오늘 작은 소망 하나
빌어 본다
올가을에는 사랑하게 하소서!

다래 두 알

다래가 어떻게 생겼을까?
다래처럼 생겼지

봄부터 열매 맺겠다고 순을 키우는데
사람은 똑딱똑딱 잘라
데치고 고추장 참기름 발라
꿀꺽

남은 여린 순 키워 예쁜 꽃 피우니
콩알만 한 다래 두 알
이리 보고 저리 보고
날마다 바라봐도 항상 그 크기

시나브로 자랐을까
어느새 엄지손톱만 해졌네

찬 바람 불고 서리 내리니
누가 따 먹을세라 얼른 수확

작디작은 다래 두 알
그대 한 알
나 한 알
아, 달콤함!

내년 봄에는 다래 순을 아껴야지.

가을 여행

길가 가로수는
예쁜 단풍으로
살랑이는 바람 따라
흩날리는 낙엽

메마른 아스팔트를
장식하는 황금 은행잎

이제는 떠나야 할 시간
가을이 가는 것이 아쉬워
이리 뒹굴 저리 뒹굴

기어이 바람 따라
가을 여행을 떠난다.

절임 배추

배추 12포기
소금에 적당히 절여
집안까지 배달된 지
하루 이틀 사흘

투명한 비닐봉지 속에서
숙성할 것인지
밭으로 다시 갈 것인지
노란 속살에
힘이 생겼네

농부의 정성
모르는 바 아니지만
병원 진료도 미루고

오늘도
내일도
현장으로 출근한다.

산다는 것

산다는 것이
살아 있다는 것이
살아야 한다는 것이
참으로 힘이 드네

내가 아니면
누군가 대신해 줄 수 없는
나의 일
나의 삶

오늘은
나의 미래를 위한 투자

깊은 밤
잠 못 이루고
여기저기 신음

말 없는 소음
경적
저들의 소음이 귀갓길이기를!

망각

가을이 지나고
겨울도 지나고
봄이 왔건만
봄을 그냥 보내려 하네

멀리서 들려오는 소식
내일인가 모레인가
친구 아들 장가간다네

기차표를 예매하고
마음이 먼저 앞선다

그대와의 추억 한 움큼
갖고 갈까
가지고 올까

마음은 벌써
그대 곁에 있네!

사철나무

꽃다발 속
파란 나뭇가지

마디마디 잘라
물에 담근다
수많은 날의 기다림
드디어 하얀 뿌리
방긋 인사를 하네

이제
인내가 아닌 희망
마시고 버려지는 커피 컵
정성 들여 구멍을 뚫고
흙과 상토를 적당히 섞어
화분 흙을 만든다

흙을 적당히 넣고
하얗게 뿌리 내린
아기 사철나무 올려놓고
꾹꾹

비 그친 파로호 문학촌
울타리에 작은 구덩이를 파고
다시 옮겨 심는다

나무야
이제 네가 주인공이 되렴
파로호 문학촌 울타리.

신랑의 눈물

－ 친구 아들 결혼식

대구행 기차
설레는 마음
아빠를 빼닮은 모습

무르익는 결혼식
부모님에 대한 감사 인사
울지 말자며 약속해 놓고

엄마와 마주 서니
터져 나오는 회한

엄마의 부지런함
들썩이는 어깨
흐르는 눈물

엄마의 삶을 응원하는
든든한 아들

잘 살았구나
잘 키웠구나

너의 삶을 응원한다
친구야!

가을은

하늘은 높고 파랗고
바람은 가슴이 뻥 뚫린 듯 맑고
온 천지가 울긋불긋

들에는 벼가 노랗게 익고
길가 감나무 짙푸른 잎 사이로
빨갛게 익어가는 감

한해를 미리 마무리하는
가을은
무슨 색일까!

잉태

아빠와 엄마가
만난 지 수 주일

가장 깊은 곳에서
나에게 들려주는
너의 심장 뛰는 소리

쿵쾅쿵쾅

너와
나의 첫 대화!

귀뚜라미의 외출

귀뚤귀뚤
나 여기 있다고
자랑한다

귀뚤귀뚤
냉장고 밑으로
이사 왔다고

귀뚤귀뚤
신발 밑에서
잠을 청한다고

귀뚤귀뚤
잡았다

조심스레 두 손 가득
창문을 열고
살며시 놓아준다

참한 색시 찾아가라고!

고추 노릇

작은 고추 한 뿌리
척박한 화분에서
고추 노릇하겠다고
눈보다 하얀 꽃을 피웠다

아침에는 맑은 햇빛
열심히 먹고
대낮 뙤약볕
빨갛게 먹고

너무 많이 먹었나
고추 노릇하여지려면
빨갛게 물들겠지!

갈림길에 서서

어머니 뱃속에서 열 달
세상 구경을 나왔네

어릴 적 부모님의 보살핌

철이 들기도 전에
홀로 여행을 떠난다

그 길이 옳은 길인지
행복을 주는 길인지
경험하지 않고
가야만 하는 외로움

이제 육십이 지나
철이 들었을까

아직도
이 길로 가야 하나
저 길로 가야 하나

여생(餘生)
40여 년
100세 시대의 괴로움

오늘도
선택의 갈림길에
서 있네!

양보

다양한 사람이
타고 내리는 복잡한 전철

예쁜 여자아이와 엄마
그리고
내 또래의 여인

여자아이를 위해 양보
냉큼 앉지 않는 여자아이

할머니가 앉으세요

여자아이가
할머니한테 양보

양보가
양보를 가르친다!

제4부

엄마의 자장가

멍멍개도 짖지 말라
꼬꼬닭도 울지 말라는
엄마의 자장가

엄마 미안합니다

회사를 인수하고
많지 않은 일거리
이익이 없는 운영
짧은 경영지식

이제는 혼자가 아니다
현장을 알아야겠기에
소독도 하고 청소도 하고

조금 꼼수를 부리다가
한 현장을 세 번 방문
열심히 뛰었는데

대표이사 취임식
시집 출판기념회
욕심이었을까
탈이 났네

도저히 걸을 수 없는 지경
한의원에서 침 한 대 맞고
행사를 치르고

오후 4시
빨라도 너무 빠른
엄마의 저녁 식사 시간

엄마 죄송합니다!

용서와 화해

10여 년 전 응어리
소통 단절

이제는 화해해야 할 시기라며
그러나
용서가 우선

용서란
상대를 위한 것이 아니어야
자신을 위해 훌훌 터는 것
용서하고 나면
화해는 물 흐르듯

화해란
어제 만났듯이
눈 딱 감고
한 번 발걸음 하면
봄 눈 녹듯 녹아내릴 텐데

우리는 가족이니까!

이별

오랫동안 엄마가 머무셨던 곳
내 고향의 또 다른 이름

엄마의 손때 없어진 지 오래
이제 그곳을
다른 사람한테 넘기려 한다

아쉬움과 미련 그리고 후회
고향을 다시 찾을 수 있을까
하는 마음에
엄마가 머무셨던 노인정을 찾는다

엄마의 추억과 함께한
어르신들
깊이 고개 숙여
건강을 빌며
엄마의 추억과 이별한다.

엄마의 기억

아침에 일어나서
나는
엄마의 친절한
언니가 되고
동생이 된다

아침을 먹고 나면
어느새 수십 년 전
엄마의 옆집 친구가 되고

퇴근한 나
고생 많이 한 애달픈 딸

엄마의 잠자리를 살피고

언제까지 나를
딸로 기억하실는지!

시를 쓰는 이유

철이 들기도 전에
엄마와 이별

혼자서 판단하고
결정하고

육십에 즈음하여
엄마와 합가

고단함을 이기려고
한 땀 한 땀 기록한 글
시인이 되고
시를 쓰고

이제 엄마를 기록한다
엄마의 삶을
엄마와의 추억을!

채찍질

긴 여행을 계획하고

조금씩 더 걱정되는 엄마
잘못한 것일까
잘못 생각한 것일까
후회가 되지만

모든 것은 계획대로
예약을 마치고

돌아오는 날까지
아무 일이 없기만을
무사하기만을

길지 않을 거라고
조금만 더
잘하라고 하네!

미용실 가는 길

우리 엄마는

머리 감고
입술연지 곱게 바르고

기우뚱 갸우뚱
길모퉁이 돌아
미용실에 간다

머리 자르러.

팔팔하십니다

엄마가 태어나신 날
코로나가 주는 혜택
맛있는 음식들로
식탁이 가득하다

아들딸 사위 며느리 손자 손녀
온 가족 모여
각자의 앞접시를 들고
뷔페를 즐긴다
후식으로 시원한 식혜 한 사발

일요일 한가한 오후
가족의 웃음꽃 끊이질 않고

우리 엄마 나이는
팔십팔 세
팔팔하십니다

엉뚱한 말로 당황하게 하고
쑤시고 아픈 곳 없지 않지만
큰 병치레 없이
내 곁에 계셔서
참 행복합니다.

부사리

몸이 성치 않은 아버지
아픈 몸을 이끌고
소를 키운다

작은 송아지가
부사리가 되고

장날 아침
아버지는 부사리에
진수성찬을 차린다

운명을 아는지
커다란 눈은
눈물이 글썽글썽

아버지는 소의 등을 토닥이고
여행을 떠난다

부사리와 바꾼
한 다발의 돈
둘째 아들 살림집으로
둔갑한다!

엄마의 기도

오늘을 있게 하신 신이시여!

그를 한없이 큰 사람으로
자라게 하시고

자신을 사랑할 줄 아는 사람으로
자라게 하소서!

한가위

달아 달아
보름달아
구름 속에 숨은 달아

내 소원 들어주겠니

하늘나라 먼저 간
우리 오빠
엄마가 한 번 만날 수 있게

팔월보름 차례상에
아들 그리워

우리 엄마
눈물 훔치시네!

오늘만 같았으면

에고 내 딸
나 때문에 고생이 많구나
내 며느리
물도 맛나게 끓이는구나

딸도
며느리도
옳게 보이고

아침 식사도
점심 식사도
맛나게 드시고

목욕도 잘하시고
옷도 말없이 갈아입으시고

내일도
모레도
오늘만 같았으면

우리 엄마
아무 걱정 없을 텐데!

엄마는 천사

부스스
잠에서 깨어
엄마의 기저귀를 먼저 갈아 채운다
에고, 우리 엄마도 이렇게 못해
엄마 딸이니까 하죠
엄마가 나 어릴 때 이렇게 해주셨잖아요
배시시 웃으신다

우리 딸 나보다 적게 먹네
새참은 뭐 줘?
커피도 주고 빵도 줘요
내 딸은 밥은 송곳으로 먹고 일은 섬으로 하네
내가 배시시 웃는다

속살 하얀 바나나 한 개
잘게 잘라 접시에 담아
바나나 한 쪽을
엄마 입에 쏙
내 딸이 산 것은 징허니도 맛있어

맛있게 드시다가
멈칫
언니가 다 먹어 언니 몫이야
어느 순간 딸이 언니가 된다

언니는 밥도 조금 먹고 이거라도 먹어야 일하지
오늘은 무논으로 가?
춥겠네
바나나 서너 토막을
아쉬운 눈빛으로 바라본다
엄마 드셔요
아니 나 배불러 배가 요강 꼭지 됐어
맛있게 드시던 바나나를
밥 적게 먹은 딸을 위해
양보

엄마 나는 다른 거 먹을 거예요
얼른 드셔요
남은 바나나를 맛있게 드시는
우리 엄마는 천사!

일회용 기저귀를 빠는 엄마

날이 갈수록
화장실 가는 길이 멀어

팬티 하나 올리는 힘도 모자라
마려운 소변을 참기도 어려워
팬티에 실례를 하고 마는
정갈하신 우리 엄마

두 언니의 뜻에 따라 기저귀를 채웠다

현시대의 문물은 너무 좋아
하루를 꼬박 채워도 보송보송

김장하느라 바쁜 와중에
쉼 없이 들려오는 물소리

우리 엄마 화장실 가신 지
수 분이 지났다는 생각에
문을 열어보니
세면기 가득한 하얀 물체

일회용 기저귀를 빠는
우리 엄마

김장하느라 바쁜 딸 도우려고
손수 당신 기저귀를 팬티인 양
빨고 계신다네!

엄마의 김장

어김없이 찾아오는 가을
더불어 집에 도착한 절임 배추
하루 이틀 사흘
택배에서 하루 더

오늘은 구인
내일은 현장으로

더 이상 미룰 수 없다는 판단
오늘은 일찍 퇴근해야지
했는데

엄마가
설거지통 세숫대야
깨끗하지 않은 그릇만 골라
배추를 씻어놨네
우리 엄마 재주도 좋으셔라

홍갓 대파 쪽파 청각
갖은양념에
배추를 단장시킨다

그리고 하룻밤을 지나고
맛을 보니
웬걸
김치가 새콤하니 맛이 있네

엄마의 기적 같은 손맛이
살아난 걸까?

아버지와 해바라기

누군가에게 얻은
씨앗 세 톨
마당 끝에 고이 심고

하늘 높은 줄 모르고
자라고 자라
해맑은 꽃을 피운다

나만 보면
활짝 웃는 해바라기

봇물 터진
가을장마에
기우뚱

키가 커서
서러워지는 해바라기

아버지는 튼튼한 작대기를 박아
해바라기를 세우고

해바라기는
아버지를 보며
씽긋 웃는다!

외출

집안일
회사 일
모두 떨쳐버리고
오롯이 둘만의 시간

해방

노모는 남아있는 사람의 몫

어느 쇼핑센터에서
휠체어를 앞에서 끌고
뒤에서 밀고
한가하게 쇼핑하는 가족
불편해지는 마음

처음 보는 나무
처음 대하는 예쁜 꽃

눈에 밟히는 어머니!

아버지의 지게

온종일
농사일에 지친
아버지

하루 일을 마치고
쇠꼴을
한 바지게

바지게 맨 꼭대기에
빨갛게 익은
산딸기 한 다발

그 새콤달콤한
아버지의 사랑!

어머니 말씀

부처님 공양 말고

배고픈 이에게
밥 한술 주거라

그것이
더 큰 공덕이니라!

엄마의 꽃밭

베란다 밖 창문 너머
예쁜 꽃밭

봄에는 수선화
여름이면 채송화
가을이면 국화
겨울에는 눈꽃

기억 넘어
딸의 모습 잊어버려도
사시사철
철 따라 피는 수수한 꽃
빼어나게 예쁘지 않아도
엄마의 기억 저편
소녀 시절 첫사랑

예순이 넘어
이제야 알았다
엄마가 봉오리가 큰 꽃을
좋아한다는 것을!

엄마의 자장가

어린 딸
팔베개 위에 뉘고

멍멍개도 짖지 말라
꼬꼬닭도 울지 말라는
엄마의 자장가

해가 서산으로 지고
홀로 남은 엄마

창문 너머로
눈 빠지게 기다리는 사람
기다리다 지쳐
무거운 몸
침대에 뉘면

어느 사이
반가운 얼굴

딸의 모습인지
잠만 자고 가는 나그네인지
당신의 가슴 속
예쁜 사람

자박자박
낮은 발소리

딸이 엄마에게 불러드리는
자장가 소리!

공덕

동이 틀 무렵
사립문 빙긋이 열고
얼굴만 쏙

아직 아궁이에 불도 지피기 전인데
동네 나그네
사립문에 기대선다

이제나저제나 갈까
훠이훠이
부잣집으로 가라고
손짓도 해보고

엄마는 부엌에서
조막손이라도 도움이 될 텐데

시부모 밥상
지아비 밥상
자식들 밥상
모두 들여 보내고

동그란 쟁반에
또다시 밥상을 차린다
어이 여보게
식기 전에 얼른 먹소

배고픈 나그네
김칫국까지 깨끗이 비운다

공덕이 별거더냐
배고픈 이에게
밥 한술 주는 것이
가장 큰 공덕이더라!

치매

엄니
너무 멀리 가지 마소!

제5부

그대 안의 나

그대는 상행선
나는 하행선

잠깐의 이별도 아쉬워

퇴직금

우리는
갑과 을이 되어 재회한다

퇴직연금을 가입하고
법정 퇴직금으로 달라고 한다

우리는 동지였는데
사직서라는 종이가
우리 사이를 갈라놓았다

갑과 을
남보다도 못한 사이가 되어
더 달라고
못 주겠다고

사람의 욕심은 끝이 없구나!

내 나이 육십에

진짜 나이가 한 살 더 먹는
설날
나이를 부정할 수 없어
어쩔 수 없이
내 나이에 한 살을 더 한다

내 나이
쉰아홉
더하기 한 살
예순

인생은 육십부터
새로운 내 인생

첫걸음을 디뎌본다.

강릉 여행

긴 연휴
만사 제쳐놓고
기차를 탄다

쌩 쌩
어느새 강릉역

가벼운 가방 메고
걷고 또 걷고
엄마 제가 미친 거죠?
아니
우리 둘 다 미친 거지
하하 호호

강둑길을 걸으면

노란 금계국
바람에 나풀대는 코스모스
한가로이 털 다듬는 물오리 떼

황금 들녘에 허수아비도 되어보고
신사임당과 율곡이 되고
1563년 태어난 난설헌 허초희가 되고

허난설헌 생가터 휴관
432주기 난설헌 허초희 추모 헌다례 현수막
1563년생
4백 년 먼저 태어난 여류시인
그 발자취 찾아
또 한 발짝을 뗀다.

사랑을 하는 것은

사랑하는 것은
사랑받는 것보다 행복하나니
말간 아침 하늘을 바라보며
누군가에게 사랑한다
고백하고 싶은 마음

사랑하는 것은
왜 사랑받는 것보다 행복하다고 말하는지
이제야 알 것 같네

사랑하는 것은
아마도 내 마음대로 할 수 있음이 아닌지
사랑하는 것과 사랑받는 것
함께 할 수 있다면
더 바랄 게 없겠지만
분명 사랑받는 것
또한 즐겁고 행복하지만

사랑을 하는 것은
즐거움과 행복 그리고
가슴 설렘

말간 하늘빛 속에 사랑하는 사람
모습 떠올리며 읊조린다

사랑하는 것은 사랑받는 것보다 행복 하나니라!

삶이란

소싯적에는 그저 좋았지
친구가
중학교 고등학교 대학 진학을 위해
치열한 삶에 도전하고
대학 졸업하고
취업

돈이란 것을 얻기 위해
또 한 차례 치열한 삶
사는 것이 재미없어질 무렵
우연히 만난 그대

그대를 알기 위해
온갖 노력 기울여
결혼하고 아이 낳고
한참 행복했다

아이가 자라
결혼하니

이제야 해방

지금부터 나를 위한 삶
우리는 언제나 그랬듯이
도전하고 성취하고
또 도전하는
이것이 삶이더라!

착각

열심히 일하다가
무심코 고개를 돌리니
함박눈이 펄펄

눈이 온다고
소리 지르고
창문을 여니

갈길 잃은 나뭇잎
거친 바람에
마치 눈처럼 휘날리고…

첫눈을 기다렸나!

화요일

화가 나도 웃는 화요일
이메일은 안 열리고
에어컨은 고장 나고

혼자서
이리 뛰고 저리 뛰고
혼자라는 외로움에
울컥!

혼자서 잘해 왔건만
의지할 사람이 없어서인가!

입찰

입찰에 대한 무지함
오로지 간절함만

하루 이틀
날이 갈수록
커지는 갈등

낙찰!
적격 심사 대상
1순위
85점, 점수를 향한 사투
티끌 모아 태산

아!
계약 성공

이렇게
나는 성장한다.

장바구니

하루 일과 마치고
시장에 간다

치솟는 물가
무 배추
제철 만난 과일
달고 맛있는 주전부리

삑삑 삑
쌓여가는 금액

무거워진 장바구니
두 손에 적당히 나눠 들고
골목길 돌아
집으로 간다

식탁에 쏟아지는 물건들
온통 엄마 거

나 어릴 적
우리 엄마의 장바구니와 같구나!

기부금

새해를 맞이하고
미뤄두었던 연말정산

여러 근로자의 경비를 입력하고
나의 차례

보험료도 넣고
신용카드 사용명세도 넣고
병원비도 넣고

아무리 살펴도 내야 하는
갑종근로소득세
무엇이 문제인가

1년의 삶을 뒤돌아보니
모두가 나를 위한 경비

지난 한 해
남을 위해 무엇을 하였는가

그때부터 시작하였다
기부라는 것을
아주 적은 금액

한 아이가
나의 적은 기부로
희망을 품고
성장을 하고

이제
회사의 이름으로
기부를 시작해야겠다
남을 위하여!

반딧불이

저녁 해가 뉘엿뉘엿
주변이 어둑어둑

희미한 불빛
어둠이 깊어질수록
밝아지는 불빛

온통 깜깜해지고
하나같이 입을 모아
메리 크리스마스!

어둠 속에 숨어있던 반딧불이
반짝반짝

문명의 혜택보다 아름다운 자연
반딧불이 불빛

어릴 적 무시로 봤던 반딧불이
이제는 돈을 지불하고
감상!

허수아비

황금 물결
논 가운데
양팔 벌리고
해맑게 웃으며 서 있는 허수아비

허수야
아비야
놀려대던 참새
벼가 익어 고개 숙이면
참새는 먼 여행길

텅 빈 들녘에
외로이
양팔 벌려

참새가 오기만을!

안아줘

바쁜 걸음

아장아장
봄바람처럼 다가오는
조그마한 아이

종종 종
뛰어오다가 돌아서더니
안아줘!

슬로우 모우션으로
모녀가 만난다

아기의 얼굴 가득
활짝 핀
웃음꽃!

그대 안의 나

그대와 헤어져

그대는 상행선
나는 하행선

잠깐의 이별도 아쉬워
지하철 상·하행선을
가운데 두고
찰칵

나는
그대 속으로 들어간다!

안내견

붐비는 지하철
한자리 차지하고
편안하게 쉬고 있는 안내견

다른 이들은 엄마네 아빠네
사랑 독차지하는 세상

제 주인을 섬기는 마음
사랑보다 높아라

여러 사람의 관심도 뒤로 한 채
무심한 듯 누워있네

마음 같아서는
머리라도 쓰다듬음

모시는 주인 믿고
편히 쉬는 안내견

내 마음도 편안해!

첫눈

밤새 잠 못 이루고
하얗게 지새웠는데
온 세상이 눈 천지

설날
첫날 첫눈
아무도
가지 않은 길 위의 발자국

낭만이고
희망이고
도전이어라.

나사모

여행을 떠나기 위해
45인승 버스 가득히
목적지를 향해
스르르

기사님의 센스로
버스 안이 콘서트장이 된다

웅얼웅얼
가수의 인사말
터져 나오는 박수 소리
환호성

오빠 아 앙!
가수의 귀에 들리지 않는다는 것을 알면서도
열정을 뿜는 환호성
나이가 많든 적든
남자든 여자든
한결같은 마음

나후나를 사랑하는 모임
그의 노래를 사랑하는 모임

황혼에
젊음에도 하지 못했던 열정

당신의 열정에
박수를 보냅니다!

운명

오랜만에 잡힌 초등학교 동창회
이번에는 삼길포

해가 뜨고 지는
항구 마을

펜션도 잡고
일정도 잡고

달콤한 점심
시원한 유람선
춤추는 갈매기

다음 일정은
바다낚시

운명의 장난인가
살생을 만류하는 지인
한 번도 하지 못한 일

한 친구의 약점
뱃멀미!

여행을 준비하면서
얼마나 행복하고
기대했는데
포기해야만 하는가

친구야 고맙다
살생을 만류해 줘서.

거룩한 당신

콘크리트 틈새
어디서 날아와
자리를 잡았을까

모진 역경 이겨내고
살아남아
예쁘지는 않지만
당신의 본분을 다하려고
꽃을 피우는구나

강아지 털처럼 보드라운 촉감
어릴 적 소녀들의 장난감

그래서 강아지풀이라지

콘크리트 틈새
홀로 우뚝 서 있는
거룩한 당신.

관조의 눈으로 자아(自我) 찾기
- 이성희 시집 『엄마의 무지개』의 시 세계

張 鉉 景
(시인, 문학평론가)

1. 글머리에

나는 꽃이다. 회색 콘크리트 틈새에 자리를 잡고 천사의 눈물 거름 삼아 싹을 틔운다. 온몸으로 뿌리를 뻗고 황금 같은 햇빛을 받아 나를 완성한다. 나는 꽃이로소이다. 이제 꿀벌이 오기만을 기다리며 이성희 시인의 시 세계를 그려본다. 이성희 시인의 아호는 '재영(栽榮)'이다. 간단히 말해 꽃을 심는다는 뜻이다. 문인이 아호를 쓰는 것은 너무 당연하고 자연스러운 현상이며, 예술가라면 대부분 아호를 즐겨 쓰고 있다. 아무튼, 재영 시인을 생각할 때 먼저 밝은 모습과 매우 긍정적이고 적극적인 면모를 떠올린다. 나아가 불꽃 같은 열정을 지니고 있어 앞으로 그녀의 시 세계가 자못 기대된다.

시작(詩作)이 어렵다는 것을 늘 가슴에 새기며 살아온 이성희 시인은 등단 전부터 문학에 심취하였을 뿐 아니라 등단하고 곧 첫 시집 『아무 일도 없다는 듯이』를 출간하고 환갑을 지나자마자 두 번째 시집 『엄마의 무지개』를 출간하여 기쁜 마음 금할 수가 없다. 앞으로도 시가 곧 삶인 듯 살아갈 것이며, 시(詩)가 있기에 시인은 심신(心身)이 행복에 젖는 것이라고 믿는다. 좋은 시 작품은 좋은 생활을 하는 시인에 의해 만들어지는 법이다.

인간 활동의 원동력은 사랑이다. 우리는 서로 사랑할 때 행복하고, 사랑하지 않을 때 고독하고 쓸쓸하다. 재영 시인의 원고를 읽을수록 가슴속 깊이 감동의 파장이 느껴진다. 시인은 관조의 눈빛으로 사물이나 사건을 깊이 직시하고 있어 그 통찰력 또한 예사롭지 않다. 이번에 처녀 시집 『아무 일도 없다는 듯이』에 이어 나온 두 번째 시집 『엄마의 무지개』에서 나타난 재영 시인의 작품세계는 기쁨과 아픔에서 비롯된 사랑과 미움의 양가성(兩價性)을 이해하는 데서 출발한다.

2. 시대적 현실과 성찰(省察)의 메시지

길가 가로수는
예쁜 단풍 옷으로
살랑이는 바람 따라
흩날리는 낙엽

메마른 아스팔트를
장식하는 황금 은행잎

이제는 떠나야 할 시간
가을이 가는 것이 아쉬워
이리 뒹굴 저리 뒹굴

기어이 바람 따라
가을 여행을 떠난다.

- 「가을 여행」全文

　가을이 되자마자 길가의 낙엽이 여행 준비를 끝내고 바람 따라 어딘가로 떠난다. 메마른 신작로를 황금빛으로 꾸미고 온 산야를 붉고 아름답게 장식한다. 시인은 하나의 절박한 사랑을 그리워하며 삶의 과정에서 아픔과 욕망으로 지상의 어디쯤 사랑의 샘이 있음을 노래하며 가을 여행을 떠난다.

　언젠가는 떠남을 준비하던 이여! 그대가 남긴 마지막 붉은 정열을 마음에 담는다. 가을 하늘에 청량한 한기를 느껴, 아낌없이 그대 사랑 불태우던 자리 바람에 날려 이리저리 헤매다가 추적추적 내리는 비에 휑하니 내 가슴에 내린 쓰라린 빗물 쌓일 때쯤 그대를 바라볼 수 있네! 떠나는 것도 아픔이지만, 보내는 것도 더할 수 없는 몸부림이네! 핏빛으로 응고된 낙엽(落葉), 그대를 한 장 두 장 기억하려 소중히 내 마음에 차곡차곡 채우고 있네!

　산다는 것이

살아 있다는 것이
살아야 한다는 것이
참으로 힘이 드네

내가 아니면
누군가 대신해 줄 수 없는
나의 일
나의 삶

오늘은
나의 미래를 위한 투자

깊은 밤
잠 못 이루고
여기저기 신음

말 없는 소음
경적
저들의 소음이 귀갓길이기를!

- 「산다는 것」全文

시제에서와 같이 기계처럼 돌아가는 화자의 일상적인 삶, 그 공
간과 시간의 내용을 총체적으로 생생하게 그려놓고 있다. 어제오
늘 내일이 일상적으로 반복되어 마음속에 갇힌 의식의 답답함을
사실적으로 표현하면서 밝은 미래를 암시하고 있다.

화자는 고단한 하루를 이따금 극명하게 드러내고 있고, 행복한 인생이 삶의 끝 라인에서 병치 되어 역설적으로 표현되고 있다. 따라서 위 텍스트는 화자의 일생을 통해 컴퓨터, 독서, 문학 연구, 일기 쓰기 등을 통해 미학적 아름다움을 다분히 담고 있다. 독자로서는 텍스트의 미학을 읽고 난 후 자신의 일상을 돌아보며 이 시대 문화의 가치중립적 무의미성에 자성의 계기를 가지리라 본다.

하늘은 높고 파랗고
바람은 가슴이 뻥 뚫린 듯 맑고
온 천지가 울긋불긋

들에는 벼가 노랗게 익고
길가 감나무 짙푸른 잎 사이로
빨갛게 익어가는 감

한해를 미리 마무리하는
가을은
무슨 색일까!

- 「가을은」 全文

재영 시인의 시 '가을은'에는 언제나 '기다림'이란 의미가 곳곳에 있다. 이 기다림은 사랑을 내포하고 있음을 직감할 수 있다.

이 사랑은 영혼의 육성으로 가슴 깊이 새긴 고통과 괴로움을 극복하고 있으며 이는 시인 자신의 의지인 것이다. 우리는 사랑을 통하지 않고는 가을을 가을로 보지 못하고 바람을 바람으로 느끼지 못한다.

시인은 사랑의 갈구를 통해 '들에는 벼가 노랗게 익고/ 길가 감나무 짙푸른 잎 사이로/ 빨갛게 익어가는 감'을 새로운 눈으로 보게 하여 가을은 무슨 색인가를 이미 말하고 있다. 이런 이성희 시인의 시는 사물을 차분하게 직시하는 시인의 정서가 사물에 이입되어 시적 효과가 매우 크며 시의 내용 또한 아름답게 구성되었다. 시의 관념과 시인의 정서가 잘 융합되어 그녀의 시는 생명력 있는 언어로 감동을 주고 있다.

2022년 5월 8일
어버이날
이제 나에게는 어머니 날

진수성찬은 아니어도
엄마가 좋아하시는 음식들
당신은 그림의 떡
모인 자녀들의 잔치
식탁 한가운데
서둘러 식사를 마친 엄마

굳이 자식을 위해

자리를 뜨려는 엄마

자식 입에 음식 들어갈 때
가장 행복하다는 옛말
이제 엄마의 입에
음식 들어가는 모습에 흐뭇한 자식

이런 날이 다시 오기를
또 오기를

엄마!
이제는
내가 당신의 보호자.

- 「어머니 날」 全文

　재영 시인의 '어머니 날'은 체험에서 그려낸 자전적인 글로 누구에게나 받아들여지는 느낌을 글로 써낸 진솔한 언어 표현이다. 시인은 점점 나이가 들어감에 따라 아버지 어머니를 가장 가까운 가족으로 특히 살아계시는 어머니를 가족 바라보기에 맞춰 어머니에 대한 효 의식의 이미지를 적나라하게 직설적으로 유추해내고 있다. 효도에 각박한 오늘의 후손들에게 시인은 '엄마!/ 이제는/ 내가 당신의 보호자.'임을 부르짖는 이런 시가 교훈 시로 주목받고 있다.

온종일
농사일에 지친
아버지

하루 일을 마치고
쇠꼴을
한 바지게

바지게 맨 꼭대기에
빨갛게 익은
산딸기 한 다발

그 새콤달콤한
아버지의 사랑!

- 「아버지의 지게」 全文

갑자기 무어라 형언할 수 없는 설렘이 물밀듯 밀려왔다. '바지게 맨 꼭대기에/ 빨갛게 익은/ 산딸기 한 다발'을 보자 아버지의 딸 사랑에 감염되어 한동안 그 아픔에 벗어나기 힘들었다. 얼마 동안 떨어져 지내고 서로 사랑하는 방법이 달라도 아버지와 나 사이는 서로를 향한 애틋한 그리움이 쌓여만 가고 있었다. 세월 이 흘러도 사랑은 옅어지지 않고 사랑의 절절함을 느껴 아버지와 딸은 '그 새콤달콤한/ 아버지의 사랑'에 서로 속마음을 그대로 체감할 수 있었다.

동이 틀 무렵
사립문 빙긋이 열고
얼굴만 쏙

아직 아궁이에 불도 지피기 전인데
동네 나그네
사립문에 기대선다

이제나저제나 갈까
훠이훠이
부잣집으로 가라고
손짓도 해보고

엄마는 부엌에서
조막손이라도 도움이 될 텐데

시부모 밥상
지아비 밥상
자식들 밥상
모두 들여 보내고

동그란 쟁반에
또다시 밥상을 차린다
어이 여보게
식기 전에 얼른 먹소

배고픈 나그네

김칫국까지 깨끗이 비운다

공덕이 별거더냐
배고픈 이에게
밥 한술 주는 것이
가장 큰 공덕이더라!

- 「공덕」全文

'동이 틀 무렵/ 사립문 빙긋이 열고/ 얼굴만 쏙' 내민 거리의 나그네가 있었다. '아직 아궁이에 불도 지피기 전인데/ 동네 나그네'가 사립문에 기대서서 가지 않고 있다. 아마 거리의 나그네도 단골집이 있는가 보다. '이제나저제나 갈까/ 훠이훠이/ 부잣집으로 가라고' 손짓을 해보아도 처량한 얼굴은 꿈적도 하지 않는다. 가난은 문학의 시작이고 글 생산의 토대이다. 허기의 시대를 살아온 이성희 시인은 이 가난이 얼마나 가혹하고 무서운가를 이 시에서 현실감 있게 보여주고 있다. 예전의 시인은 가난해야 하고 술을 좋아하는 특징이 있다. 절망과 더불어 공허가 저녁 어스름 녘에 어둠이 찾아오듯 그렇게 가난은 오래오래 우리 주변을 맴돌고 있었다. 오늘날 요즘 젊은이들은 그때의 적막한 보릿고개와 겨울밤의 외침을 아니 그 울음소리가 들리는가?

이성희 시인은 그 시대를 경험한 대다수의 독자가 그러하듯 지금까지도 근검절약을 삶의 신조로 삼고 있다. 재영 시인은 이 시에서 가난은 언제 어디에서 누구에게나 다시 찾아올 수 있음을 주지시키고 있다 하겠다. 시인은 배고픈 나그네에게 밥 한술 주는 것이 가장 큰 공덕이라고 하였다. 그리고 압축과 생략으로 할 말을 다 하면서도 개인 서정에 머물지 않고 현장성에 주목하고 있다는 점 등을 높이 사지 않을 수 없다.

밤새 잠 못 이루고
하얗게 지새웠는데
온 세상이 눈 천지

설날
첫날 첫눈
아무도
가지 않은 길 위의 발자국

낭만이고
희망이고
도전이어라.

- 「첫눈」 全文

'첫눈 오는 날 만나자'고 누구나 한 번쯤 이런 약속을 한 적이 있을 것이다. 지키지 못할 때를 생각하며 최소한 전화라도 걸자고 미소 지은 적이 있을 것이다. 첫눈이 오면 생각나는 사람과 순백인 거리를 뽀드득뽀드득 걸어본 추억이 있을 것이다. 어렸을 때 '밤새 잠 못 이루고/ 하얗게 지새웠는데/ 온 세상이 눈 천지'임을 아침에 일어나서야 보고 '아무도/ 가지 않은 길 위의 발자국'을 내곤 낭만을 느끼고 희망으로 도전 정신을 길러본다.

3. 맺음말

재영 시인의 작품을 통해 시인은 고뇌 속에서도 삶의 길을 찾는 인생 여정의 노력을 보여 줌으로써 독자와 공감대를 형성하고 있다. 이번 『엄마의 무지개』에서는 언어를 다루는 솜씨가 일정 수준을 넘어 다양한 소재로 시를 쓰고 있다는 점을 느낄 수 있었다.

이성희의 시를 읽으면 마음이 밝아진다. 그녀의 시가 건강하고 아름다운 숲의 향기를 지녔기 때문이다. 『엄마의 무지개』 시편들을 '초가을'에 비유해 본다. 다시 말해 그녀의 초기 시들은 삶의 근본적이고 본질적인 문제를 심도 있게 천착하고 있다. 재영 시인의 나이도 이제 초가을에 접어들고 있다. 아마 그녀의 마음도 초가을 단풍 빛깔일 것이다. 초가을은 시인이 꿈꾸는 이상향으로 '반성'과 '위로'의 시기다.

이성희 시인은 이제 4반세기 몸담았던 직장생활에서 벗어나 그야말로 무위자연(無爲自然)의 세계로 진입하고 있다. 작가의 나이가 이순(耳順)이 되면 '남의 말을 듣기만 하여도 곧 그 이치를 깨닫게 된다.'는 옛 성현의 말씀대로 재영 시인은 대체로 만사에 편안한 모습을 보이고 있으며, 그간 보여줬던 달관의 시력(詩歷)에 더욱 내공이 깊어지리라 믿는다.

시인은 세상을 더 좋게, 아름답게 만들려고 하는 예민한 배려의 마음이 있다. 자신이 풀꽃이 되어 세상의 거름이 되고자 하는 진실한 심성이 시의 곳곳에서 엿보인다. 시를 쓸수록 이성희 시인만의 선명한 색깔이 시 향기가 되어 다가온다. 이성희 시인의 시가 갈수록 문학적 향취가 넘치고, 많은 이의 가슴 속에 위로와 힘이 되어 주는 시가 되리라 기대해 마지않는다.

엄마의 무지개

초판인쇄 2023년 8월 13일 초판발행 2023년 8월 18일

지은이 이성희
펴낸이 장현경 펴낸곳 엘리트출판사
편집 디자인 마영임
등록일 2013년 2월 22일 제2013-10호

서울특별시 광진구 긴고랑로15길 11 (중곡동)
전화 010-5338-7925
E-mail : wedgus@daum.net

정가 13,000원

ISBN 979-11-87573-40-1 03810